पद्मश्री प्राण

मॉरिस हार्न, वर्ल्ड एन्सायक्लोपीडिया ऑफ कॉमिक्स के एडिटर ने कार्टूनिस्ट प्राण को 'वाल्ट डिज्नी ऑफ इंडिया' कहा है।

उनकी कॉमिक्स पीढ़ी दर पीढ़ी बढ़ते हुए नौजवानों की हमेशा साथी रही हैं। उन्होंने अपने कैरेक्टर्स 'चाचा चौधरी, साबू, श्रीमतीजी, पिंकी, बिल्लू, रमन' इत्यादि के मनोरंजन का भरपूर लुत्फ उठाया है। उनके ६०० से ज्यादा टाइटल्स मार्केट में बिक रहे हैं और दर्जनों स्ट्रिप्स न्यूज पेपर्स में छप रहे हैं। चाचा चौधरी पर आधारित एक टी. वी. सीरियल के लगातार ६०० एपिसोड तक एक प्रमुख चैनल पर दिखाए गए।

विश्व के कई देशों का भ्रमण कर चुके, प्राण को 'लिमका बुक ऑफ रिकॉर्ड्स' ने 'पीपुल ऑफ द ईयर अवार्ड' से सम्मानित किया है। १९८३ में उनकी कॉमिक बुक- 'रमन, हम एक हैं' का विमोचन तत्कालीन प्रधानमंत्री श्रीमती इंदिरा गांधी ने किया।

प्रकाशक

चाचा चौधरी और बुलेट ट्रेन

बुलेट ट्रेन, हमारे प्रधानमंत्री का सपना।

जो आज एक जापानी कंपनी के सहयोग से सच होने जा रहा है।

कुछ ही देर में चाचा चौधरी अपने हाथों से हरी झण्डी दिखा. कर बुलेट ट्रेन को रवाना करेंगे।

अब हमारी सहयोगी जापानी कम्पनी के मैनेजर चोंगी चो इस बारे में कुछ कहेंगे।
मिस्टर चोंगी चो माइक पर आएं।
अ-हां!
!!
हमारा जापानी कंपनी ऐसे ही आपका मदद करता रहेगा।
BULLET TRAIN
अभी हम जाता है।

हमें बहुत जरूरी काम है।
टियूं !! टियूं !!
नमस्कार! मैं इंडिया से चाचा चौधरी बोल रहा हूं, कैसे हैं आप?
चाचा चौधरी ने कुछ देर फोन पर बात की...
...और फिर एक नया नंबर मिलाया...
मुझे तुम्हारी और रॉकेट की जरुरत है।
ठीक है, चाचाजी! बताइए करना क्या है?
ध्यान से सुनो।
अरे, चाचाजी! आप इधर फोन पर बात कर रहे हैं।

बुलेट ट्रेन को झंडी दिखाने का मुहूर्त निकला जा रहा है।
आइए।
चलिए।
तालियां !
कूं !!
पौं !!

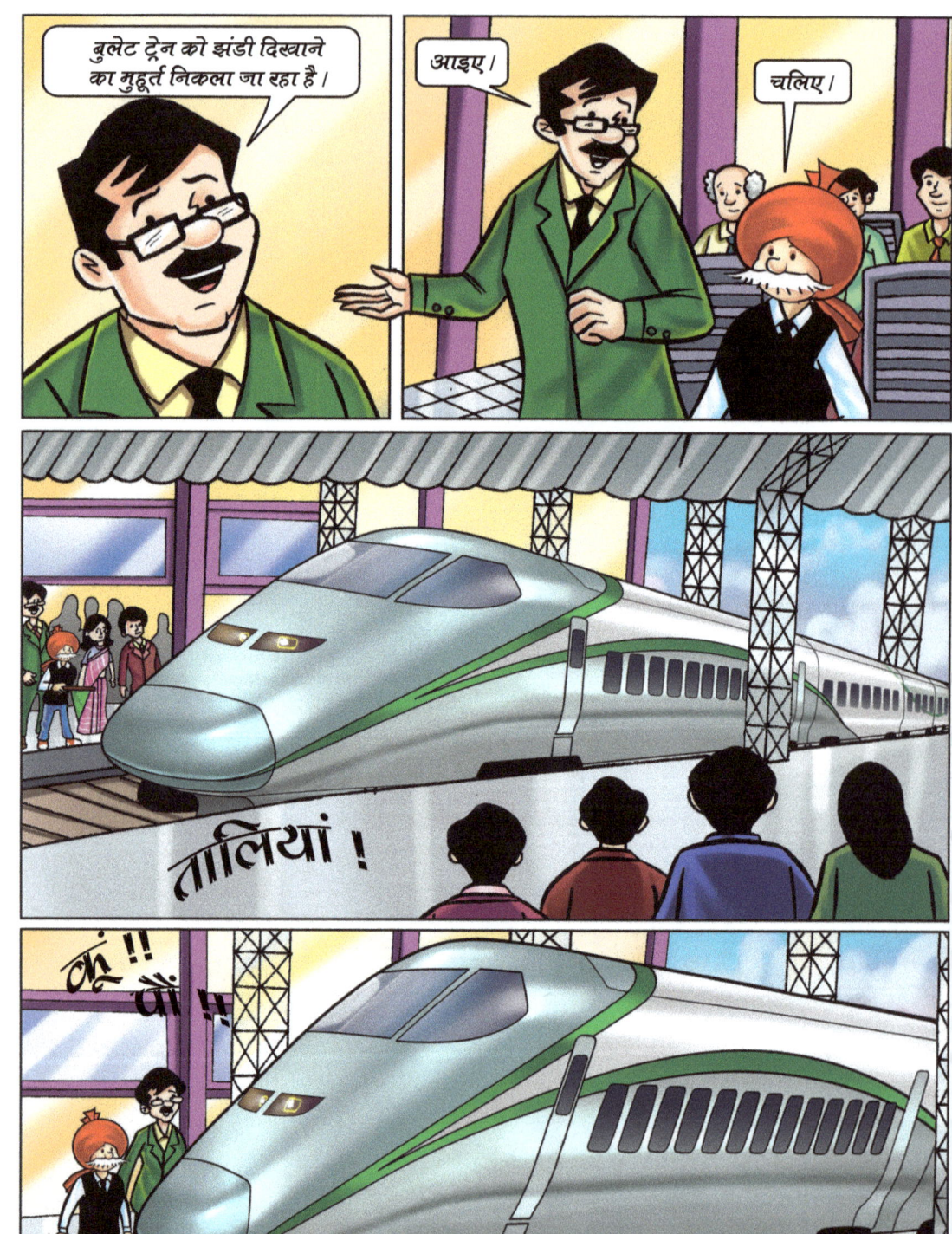

शियूं !!
इसी बीच यहां...
बुलेट ट्रेन चल चुका है।
कुछ ही सेकेंडों में ट्रेन इधर पहुंच जाएगा।
हमारा काम इन सेकेंडों में हो जाएगा।
कुछ ही सेकेंडों बहुत है।

इधर मैं रिमोट का यह बटन दबाऊंगा।
उधर बुलेट ट्रेन की स्पेशल पटरी बड़ूम से उड़ जाएगी और फिर उस पर दौड़ने वाली बुलेट ट्रेन भी ताश के पत्तों की तरह बिखर जाएगी।
अरे! मैंने रिमोट बटन भी दबा दिया, लेकिन पटरी पर लगा बम नहीं फटा।
क्या हुआ ?
बम बेकार हो चुके हैं।
और मैंने उन्हें बेकार किया है।
यह तो साबू है।
तुम मुझे अपनी मुसीबत भी कह सकते हो।
धड़ाक क !
धाड़ !!

हम भागता है।
हिंदुस्तानियों से बचकर कहां भागोगे जापानी बाबू।
भड़ाक!
हमने कुछ नहीं किया।
सब किया-धरा ही तुम्हारा है और मुझे तुझ पर शक तब हुआ।
जब तुम स्मारोह स्थल पर अपने फोन पर बात कर रहे थे, चूंकि तुम जापानी भाषा में बात कर रहे थे, इसलिए तुम निश्चिंत थे कोई तुम्हारी बात समझ नहीं रहा है।
लेकिन तुम्हारे हाव-भाव से मुझे शक हो गया। मैंने कुछ समझने की कोशिश की तो तुम्हारे दो शब्द मेरे पल्ले पड़े।

मैंने तुरंत जापान में रहने वाले अपने एक दोस्त को फोन लगाकर पूछा तो उसने मुझे उन दो शब्दों का मतलब बताया कि कहीं धमाका होने वाला है।
बस इतना जानने के बाद खतरे को सूंघना मेरे लिए मुश्किल नहीं था।
बाकी का काम मेरे रॉकेट ने जासूसी करके निपटाया।
अब तुम बताओ, तुमने यह क्यों किया ?
हमारी कम्पनी ने घटिया बुलेट ट्रेन बनाया था।
हम पटरी उड़ाकर सारा दोष इंडिया वालों पर ही मढ़ ना चाहते थे।
काश तुम्हें पता होता कि चाचा चौधरी के होते ऐसा होना मुमकिन नहीं था।

प्राण
चाचा चौधरी
और
क्रिस्पी का जादू
000

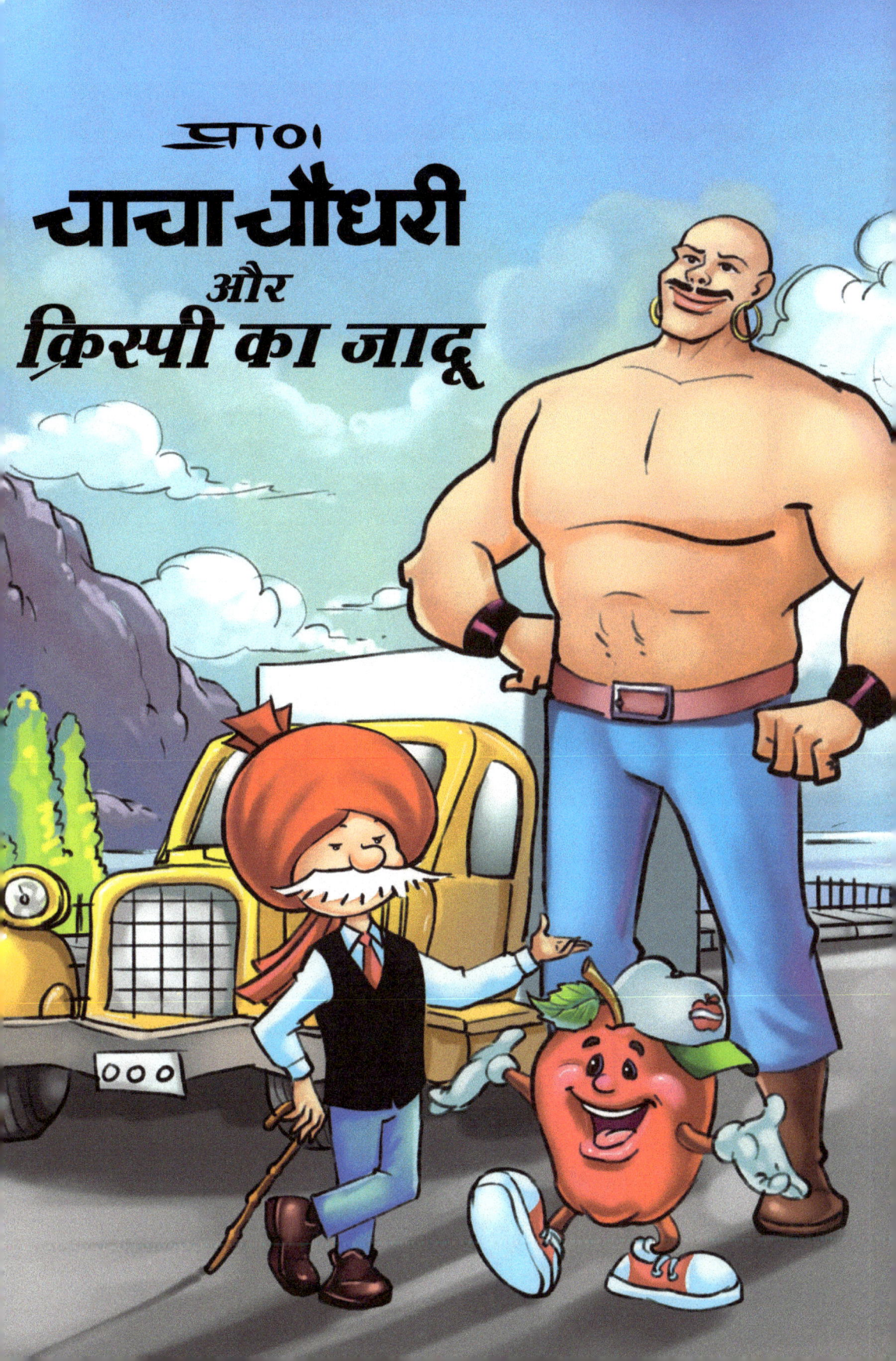

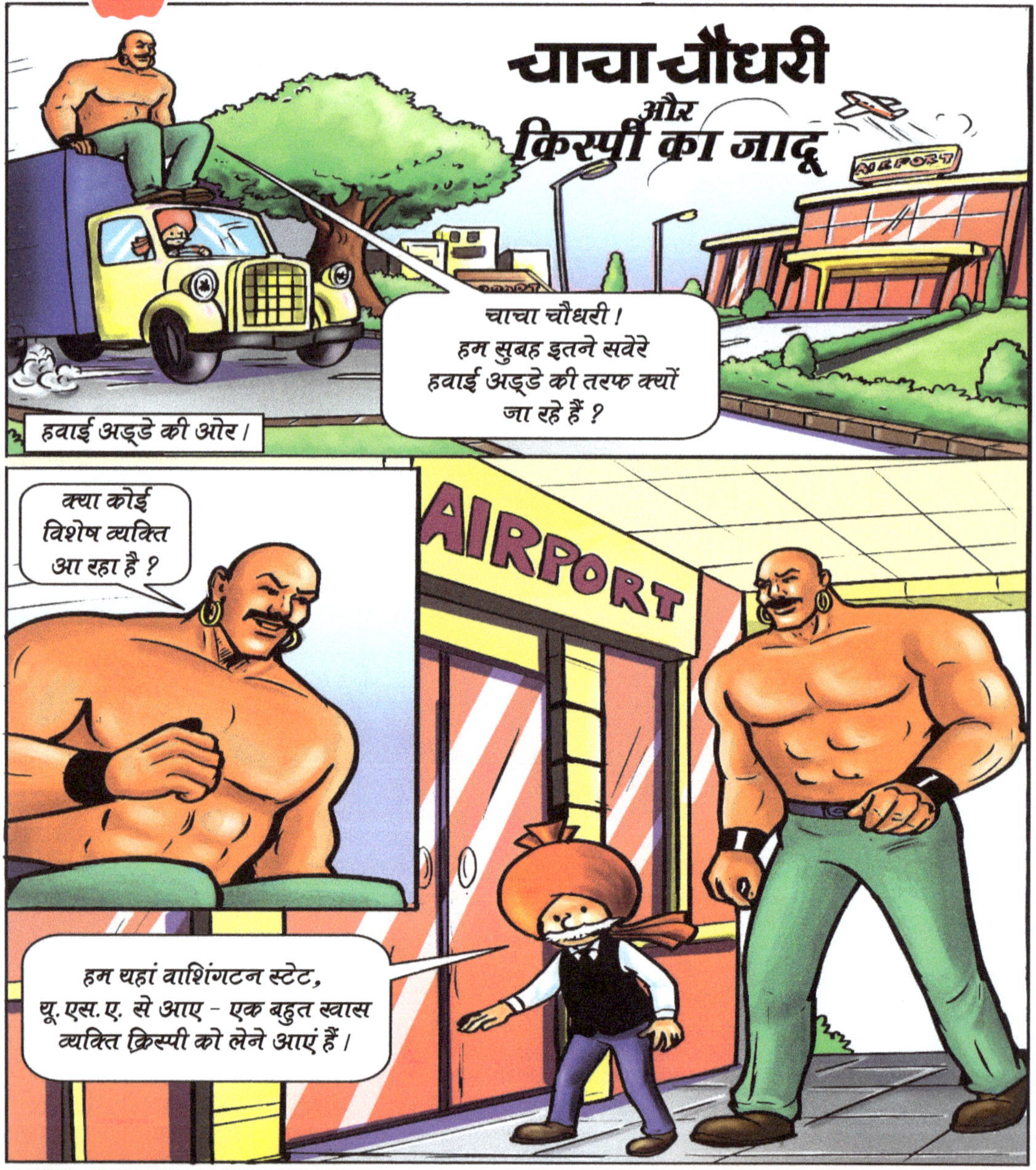

इससे पहले मैंने यह नाम नहीं सुना।

वाशिंगटन स्टेट में विश्व के सर्वोत्तम सेब पैदा होते हैं।

पैसिफिक उत्तर पश्चिम अमरिका, वाशिंगटन में 1,70,000 एकड़ में फैला सेबों के उत्पादन का क्षेत्र है।

समुद्री सतह से 3000 फुट की ऊंचाई पर ये लोग सेबों को ताजा और खनिजपूर्ण पानी से सींचते हैं।

यहां के सेब विभिन्न प्रकार, स्वाद और रंग के होते हैं।

आपके तेज दिमाग का रहस्य 'हर रोज एक सेब' खाना है।

मुझे भूख लगी है।

वह रहा, हमारा दोस्त क्रिस्पी।

भारत में आपका स्वागत है।

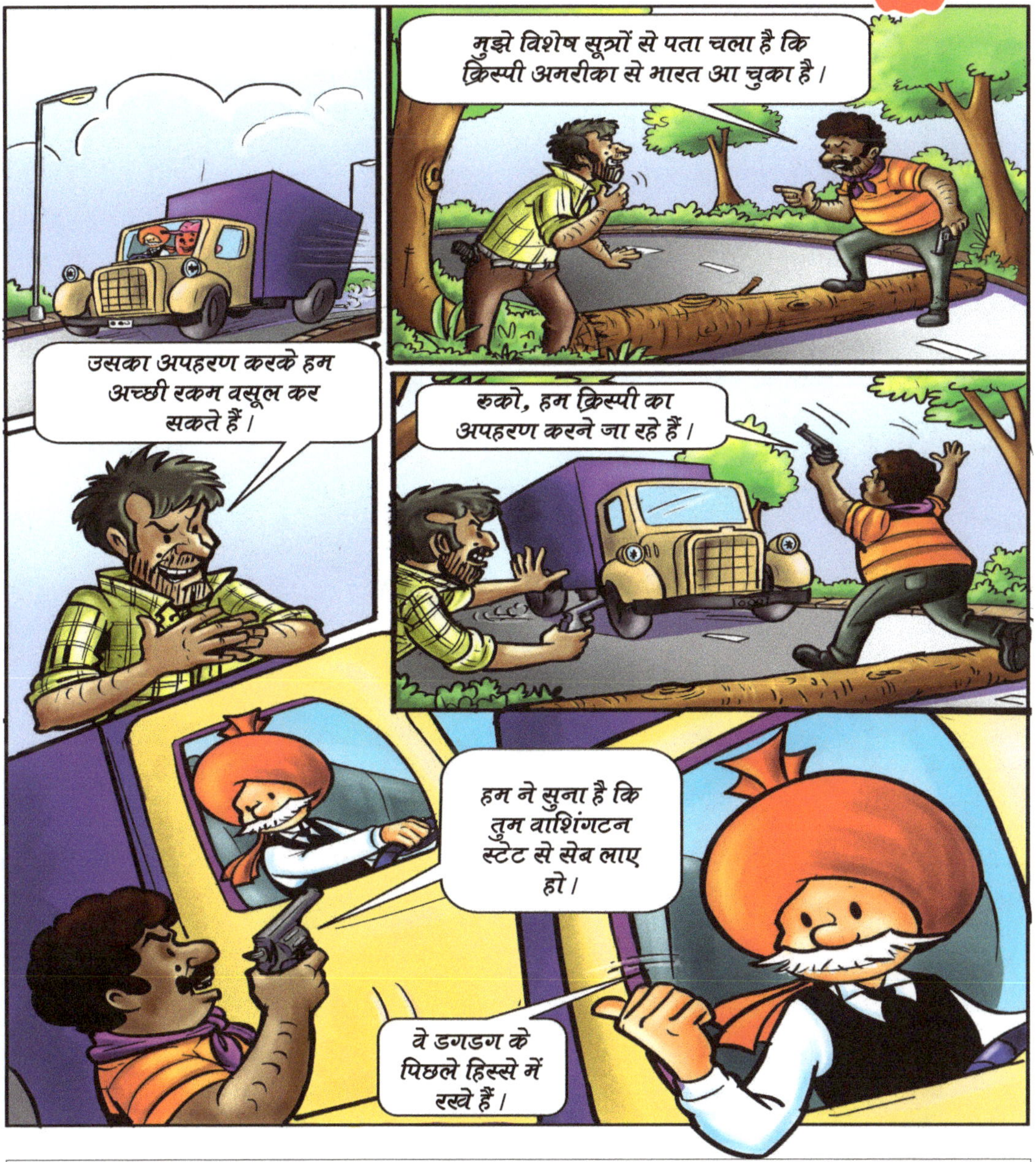

हूबा...हूबा !!
सरराट !
धड़ाक्क !

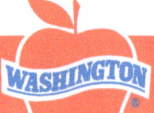

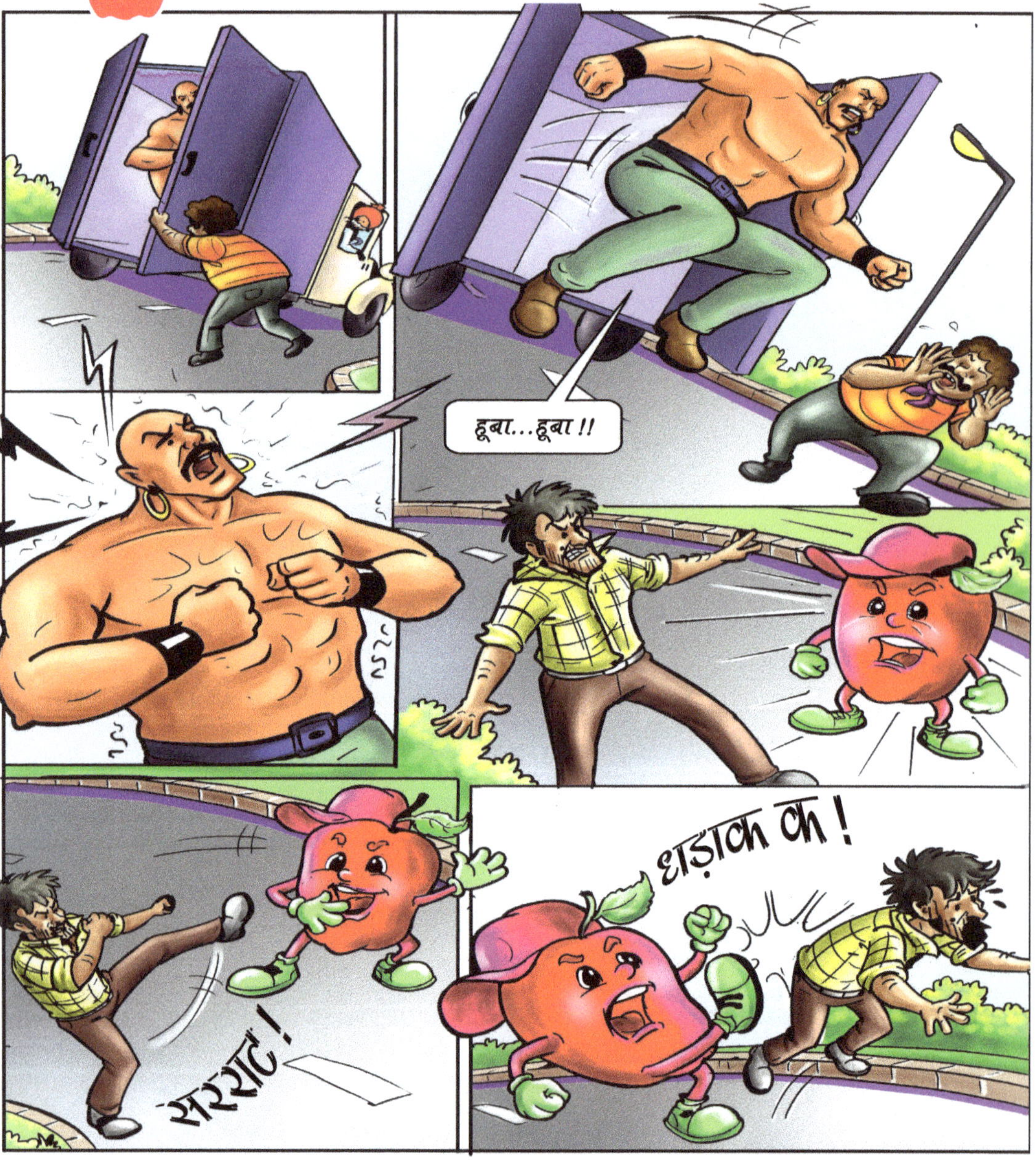

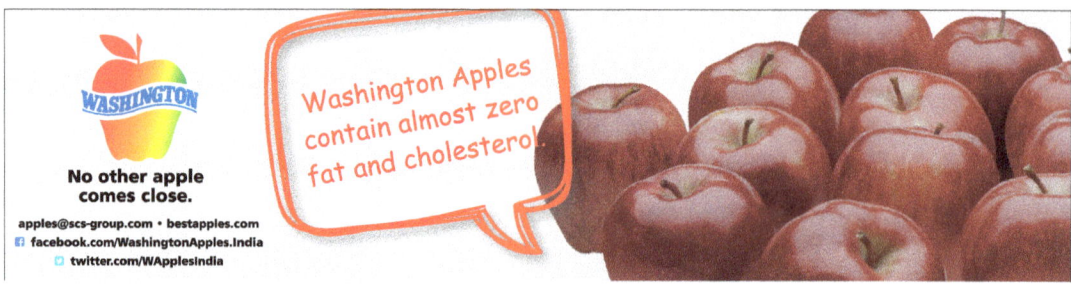

ओह ह !
धड़ाक क !
आऊ !
बड़ाक क !
वे कहां चले गए ?
सीधे वाशिंगटन स्टेट की जेल में ।
मैं एक सेब खाता हूं ।
क्रिस्पी, आपका भारत में स्वागत है ।

Washington Apples

Wholesome *health*

Healthy eating doesn't get better than this.
Every bite of Washington apples is filled
with juicy goodness.
So go ahead, take another bite!

WASHINGTON

No other apple
comes close.

चाचा चौधरी और हीरे की चोरी

चाचा चौधरी और साबू...

हम कहां जा रहे हैं, चाचाजी ?

मेरे एक दोस्त ने अपने पुश्तैनी हीरे की प्रदर्शनी लगाई है, हम उसी को देखने जा रहे हैं ।

सुना है, वह हीरा है छोटा-सा, लेकिन बहुत कीमती है ।

© PRAN'S FEATURES

उस हीरे की कितनी कीमत होगी, चाचाजी ?
पता नहीं।
मुझे पता है।
तीन करोड़ रुपए।
मैं उस तीन करोड़ के हीरे को चुराऊंगा।
कैसे जोमियो ?वहां चाचा चौधरी भी होगा।
होने दो। मैं चाचा चौधरी के सामने से ही उस हीरे को लेकर निकल आऊंगा।

हा-
हा-
हा !
वेलकम, चाचा चौधरी !
धन्यवाद !
यह है वह हीरा,
छोटा मगर
बेशकीमती।
बड़ी अजीब शेप है इस
बेशकीमती हीरे की।

आइए चाचाजी, कुछ जलपान ग्रहण कीजिए।
चलिए।
तभी.
अरे!
अरे! यह लाइट कैसे चली गई?
कोई लाइट जलाओ।
थैंक गॉड! लाइट आ गई।

अरे! हीरा कहां गया ?
हीरा चोरी हो गया।
चोरी हो गया।
अभी हॉल से कोई बाहर नहीं गया है। हीरा चोर यहीं मौजूद होगा।
माफ करना सभी की तलाशी लेनी होगी।
कोई परेशानी नहीं।

हीरा किसी के पास नहीं है ।

कमाल है । हीरा यहां से चोरी भी हुआ और यह भी पक्का है कि कोई यहां से बाहर भी नहीं गया ।

इसका मतलब चोर भी अभी यहीं मौजूद है और हीरा भी । लेकिन उसे ढूंढा कैसे जाए ?

सभी एक-एक करके बाहर निकलें।
कृपया रुकिए। जाने से पहले एक चुटकुला सुनते जाइए।
चाचा जी! मेरा एक बेशकीमती हीरा चोरी हो गया है और आप को चुटकुला सुना कर मजाक करने की सूझ रही है।
जी हां। और मैं चुटकुला सुनाकर ही रहूंगा।

तो दोस्तों, चुटकुला यों है कि एक आदमी एक दांतों के डॉक्टर के पास अपना दांत निकलवाने गया।
डॉक्टर ने उसे मुंह खोलने के लिए बोला, आदमी ने मुंह खोला तो डॉक्टर ने उसे और मुंह खोलने को बोला...
.... उसने और मुंह खोला तो डाक्टर ने उसे और ज्यादा मुंह खोलने को बोला,
आखिर में आदमी परेशान हो गया। उसने डॉक्टर से कहा...
...डाक्टर साहब! दांत क्या मेरे मुंह में बैठकर निकालोगे, जो और ज्यादा और ज्यादा मुंह फाड़ ने को कह रहे हो।
हा-हा-हा!

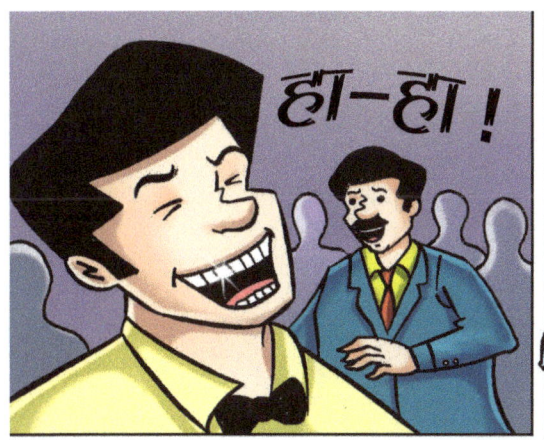

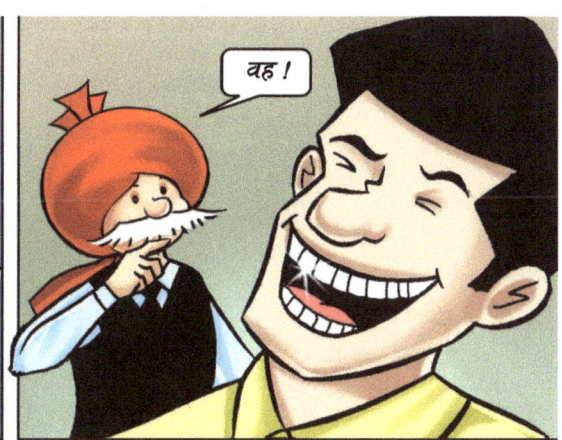

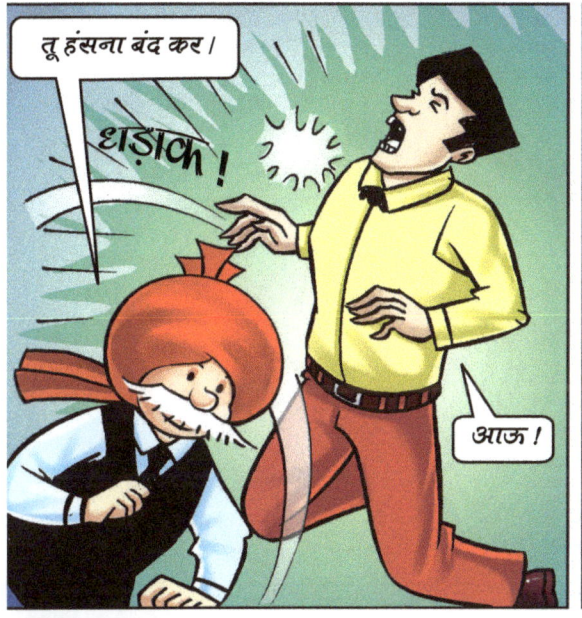

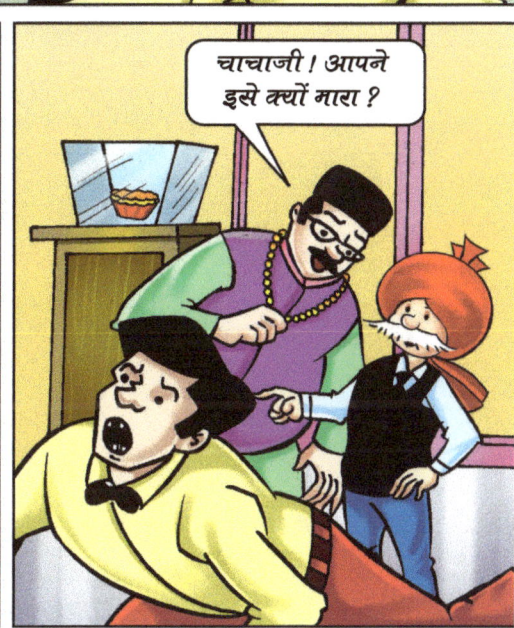

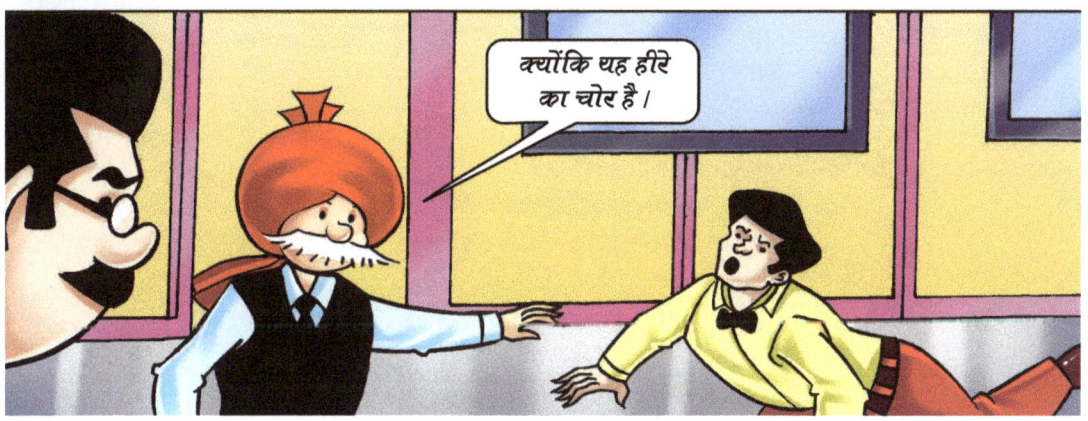

हा-हा !
वह !
तू हंसना बंद कर।
धड़ाक !
आऊ !
चाचाजी ! आपने इसे क्यों मारा ?
क्योंकि यह हीरे का चोर है।

इसने अपने दांतों के बीच में हीरा छिपा रख्खा है।

यह रहा।

वाऊ !!

कमाल कर दिया आपने चाचाजी, आपको कैसे पता चला हीरे और हीरे के चोर का ?

इस हीरे की बनावट लगभग दांत की शेप की जैसी है। इसलिए इस चोर ने अंधेरे का फायदा उठाकर हीरे को अपने टूटे हुए दांत की जगह फिट कर लिया।

अब मैं सारे लोगों का मुंह खुलवा कर तो नहीं देख सकता था। इसलिए मैंने चुटकला सुनाने का आइडिया अपनाया।

देख लो, हीरा तुम्हारे हाथ में है।

चाचा चौधरी का दिमाग कंप्यूटर से तेज चलता है।

26

चाचा चौधरी
और जंगल में आग

साबू ! जरा आना।

यह क्या है चाचाजी ?

हम जंगल सफारी को जा रहे हैं।

जंगल सफारी के लिए यह तुम्हारा बेड है।
जो हवा से फूलता है।
इसे चैक कर लो।
मैं अभी चैक करता हूं।
फू !!
फू !!
ठीक है।
हमारे भी ठीक हैं।

तैयारी कर लो। हम सुबह
एक ग्रुप के साथ जंगल
सफारी के लिए निकलेंगे।

अगली सुबह...

जल्दी ही...
वाह! क्या
शानदार
जंगल है।

ध्यान से यहां जंगली जानवरों से बचकर रहना है।

चाची जी! अगर यहां आपके सामने शेर आ जाए तो आप क्या करेंगी ?
तेरी चाची को क्या करना है। सिर्फ एक तगड़ी-सी डांट पिलानी है और शेर दुम दबाकर भाग जाएगा।
सच चाचाजी !
बिलकुल सच ! जब तेरी चाची के सामने तेरे चाचा का यही हाल होता है तो...
...बेचारा शेर किस खेत की मूली है।
हो-हो-हो !!
आज कुछ ज्यादा नहीं बोल रहे आप।
व...वो...वो !
अचानक...
भागो !
भागो !!

क्या हुआ, जंगल में रहने वाले लोग इस तरह क्यों भाग रहे हैं ?

आग ! जंगल में आग लग गई है ।

ओह !

ओफ्फ !

ओह !

क्या करें, जंगल की इस आग को बुझाने के लिए तो बहुत सारा पानी चाहिए ।

जंगल की यह आग तो भयानक है ।

अगर कुछ नहीं किया तो यह बढ़ती जाएगी ।

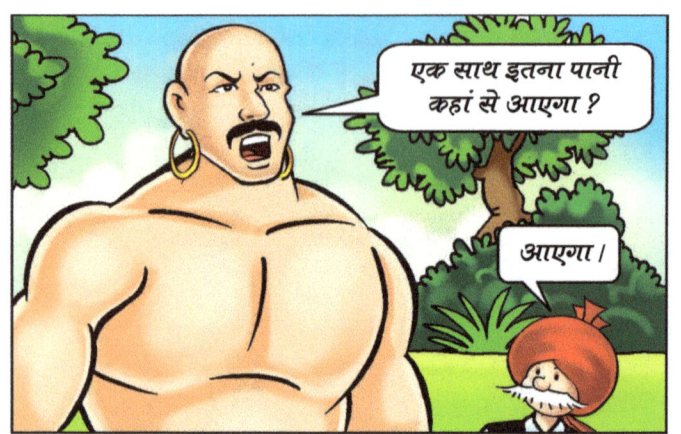

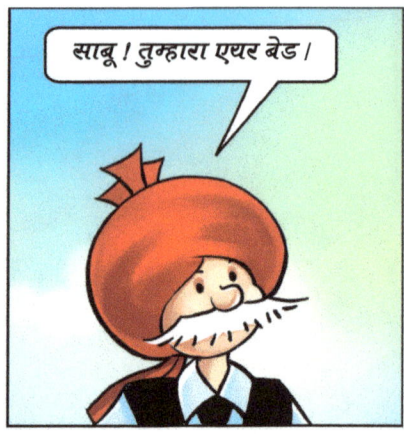

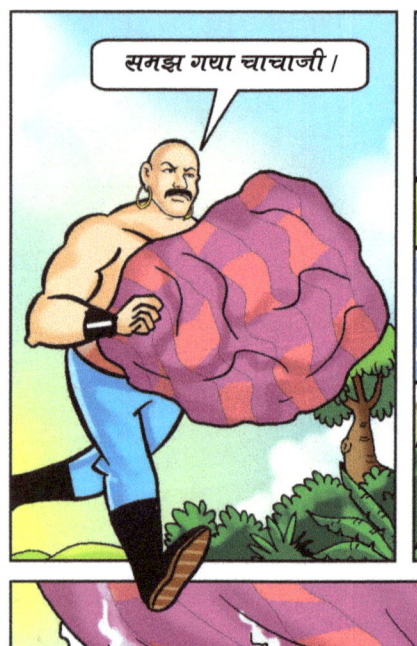

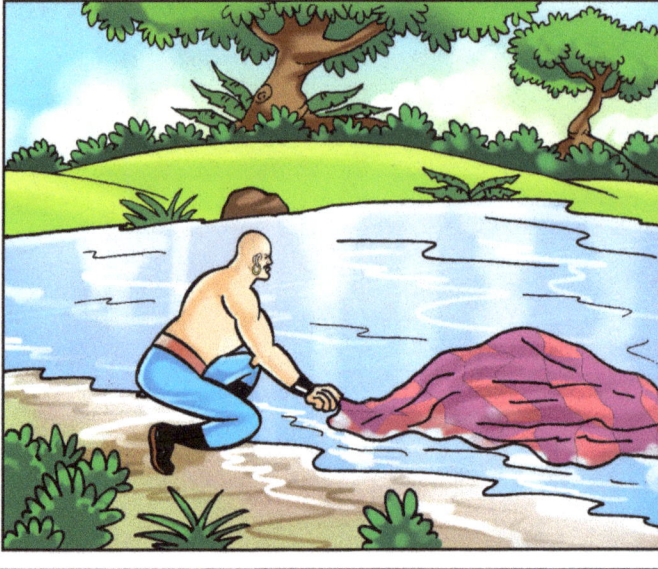

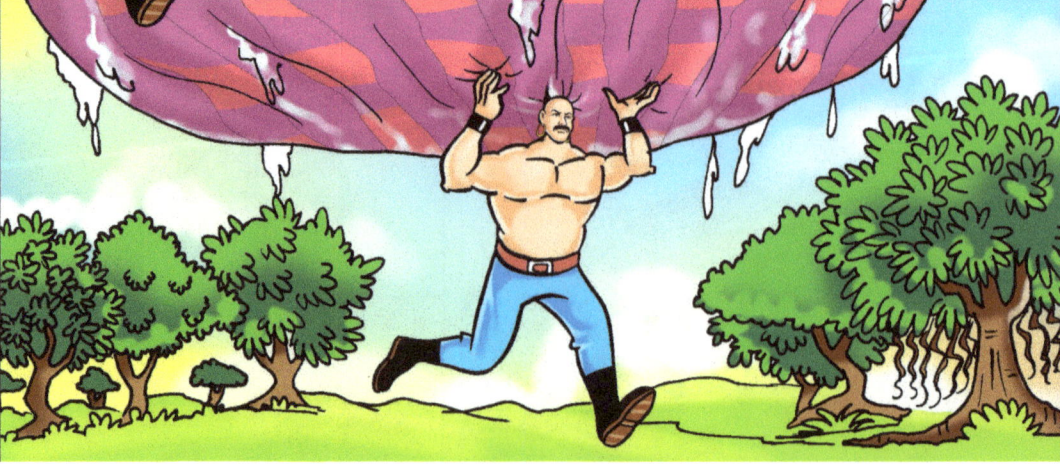

एक साथ इतना पानी कहां से आएगा ?
आएगा।
साबू ! तुम्हारा एयर बेड।
समझ गया चाचाजी।

सर्र र्र!!
सर्र र्र!!
जंगल की आग बुझ गई।
आओ, जंगल की सफारी का मजा लें।

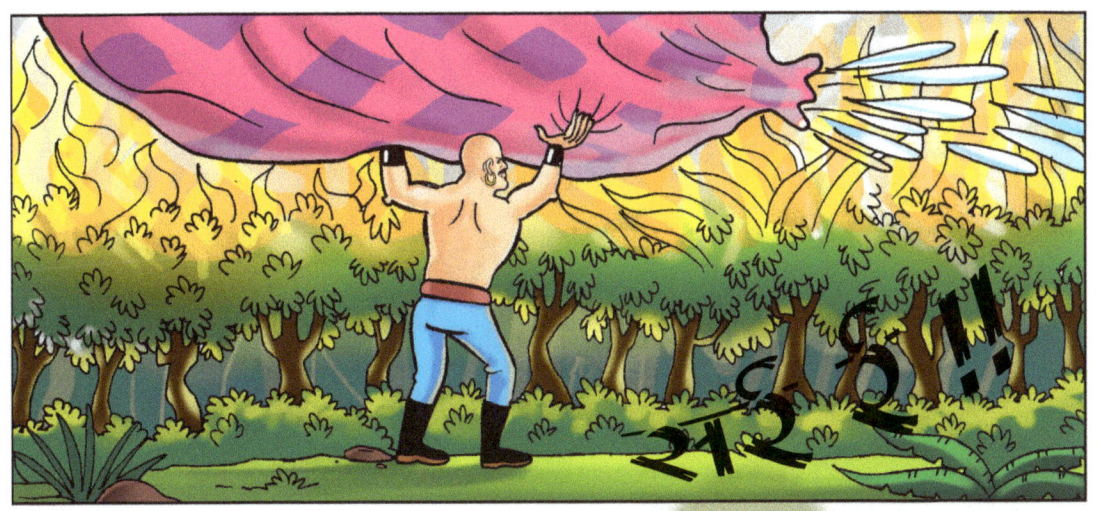

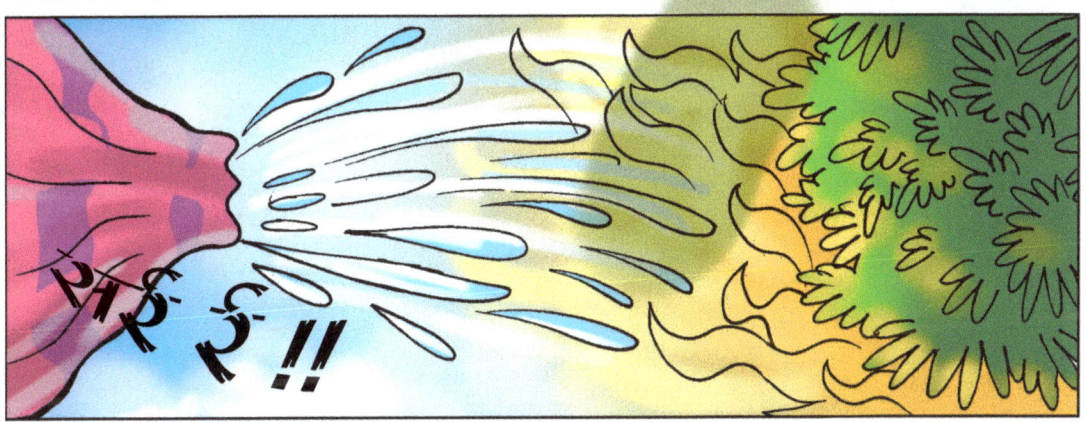

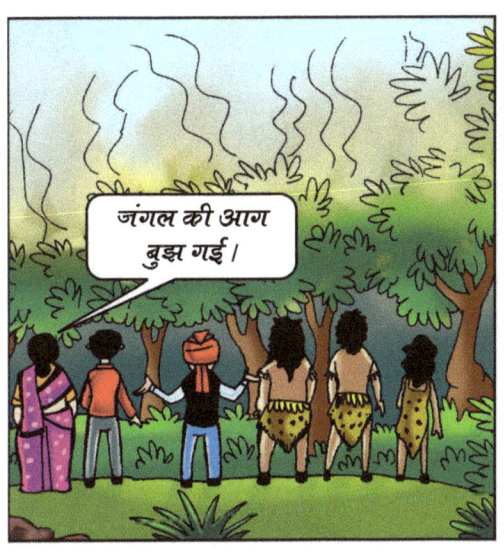

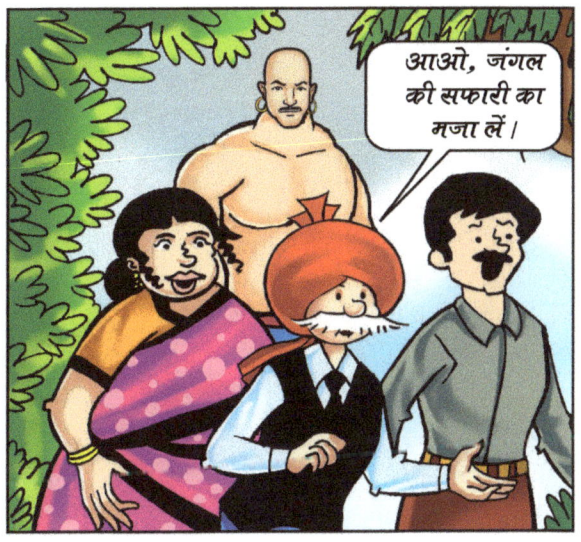

चाचा चौधरी और ऑयल टैंकर
चाचाजी, नमस्कार !
नमस्कार ! आप कौन ?
NEWS
हम ऑयल टैंकर एसोशिएशन वाले हैं और आपसे मदद मांगने आए हैं।
कहिए।
हम अपने टैंकरों से सारे शहर में ऑयल सप्लाई करते हैं।
कुछ दिनों से हाइवे नंबर आठ पर डाकू धमाका सिंह और उसके साथी हमारा सारा ऑयल लूट लेते हैं।

आप पुलिस के पास क्यों नहीं गए ?
गए थे। लेकिन कोई हल नहीं निकला।
आप ही हमें बचा सकते हैं।
ठीक है।
आज ऑयल टैंकर लेकर मैं खुद जाऊंगा।
OIL TANK
www.chachachaudhary.com
हमारा शिकार जा रहा है।
OIL TANK

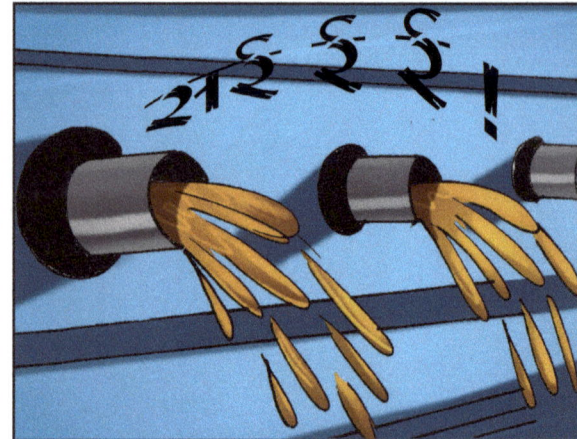

कहीं नहीं जाएगा, पीछा करो उसका।
रुक जाओ, नहीं तो हम तुम्हारे टैंकर को उड़ा देंगे।
मेरा रुकने का कोई मूड नहीं है।
ठक!
शर्र्र्र!

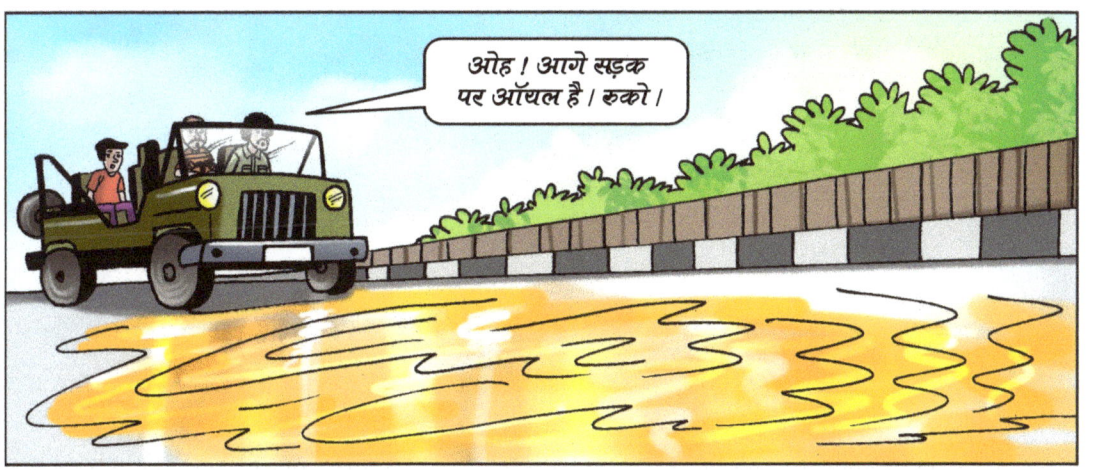

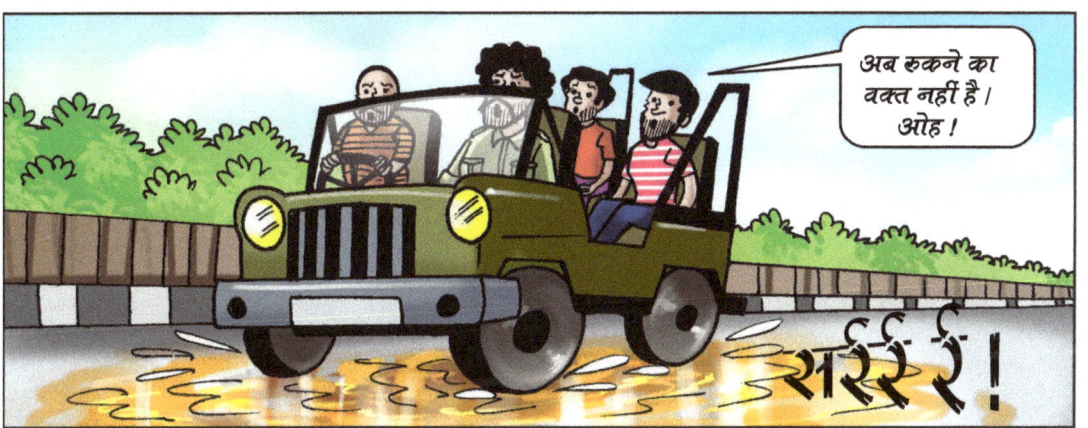

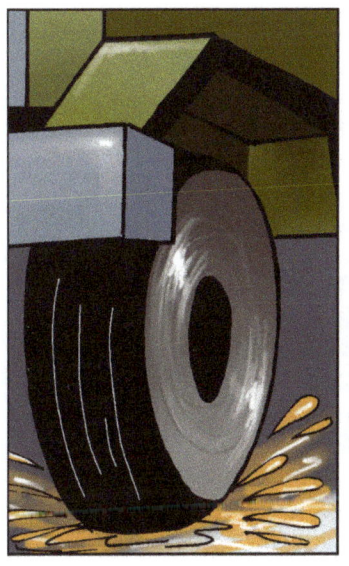

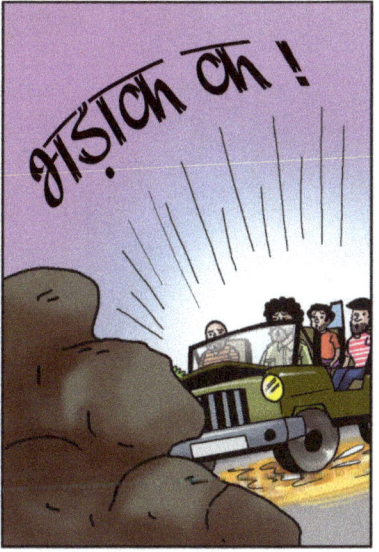

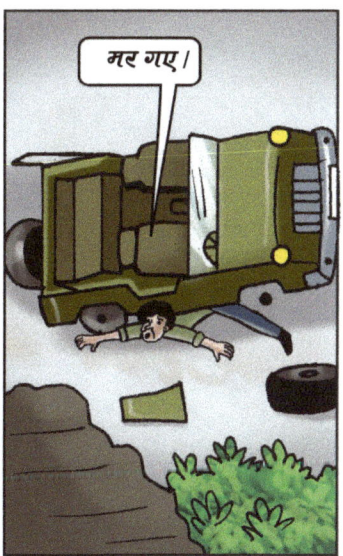

ओह ! आगे सड़क पर ऑयल है। रुको।
अब रुकने का वक्त नहीं है। ओह !
सर्र्र र्र !
भड़ाक क !
मर गए।

और ऑयल चाहिए धमाका सिंह ?
चाचा चौधरी !
मैं पहले ही क्यों नहीं समझा कि यह दिमाग चाचा चौधरी का ही हो सकता है।
बहुत देर से समझे।
पर अब क्या करें, अब तो देर हो चुकी है।
धड़ाक!
इन्हें पुलिस के हवाले करो।
धन्यवाद चाचाजी !

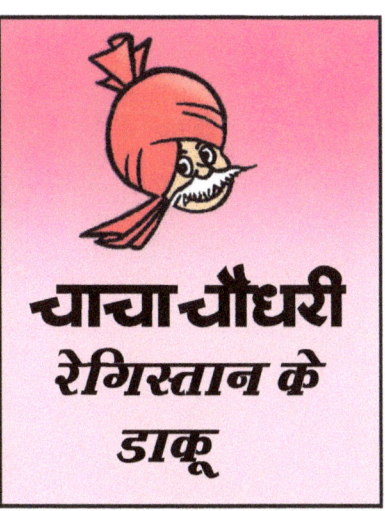

चाचा चौधरी
रेगिस्तान के डाकू
अपना ट्रक और पैसे हमारे हवाले करो। कैसे मरना पसंद करोगे ? गोली से या इस रेगिस्तान में भूख-प्यास से ?
जानते हो किससे बात कर रहे हो ? चाचा चौधरी से, जिनका सारी दुनिया आदर करती
चौधरी ! तुम्हारा नाम बहुत सुना है। अब तुम पैर चूमोगे।
छछूंदर ! मैं तुम्हारी टांगें तोड़ दूंगा।
साबू ! शांत। गुस्से में अक्ल मारी जाती है। जैसा वह कहता है, मुझे वैसा करने दो।
www.chachachaudhary.com

चाचा चौधरी जल्दी मेरे कदमों में झुको। वर्ना!...
ओह! मेरी आंखों में रेत।
अगर कोई आगे बढ़ा तो तुम्हारे सरदार के सीने में गोली दाग दूंगा।
?!
तुम यहां से निकलने का रास्ता बताओगे।
पूर्व की तरफ चलो।

चाचा चौधरी
जेवर
तुमने आज तक मुझे कभी कोई ज्वैलरी खरीदकर नहीं दी।
क्योंकि मैं तुमसे बहुत प्यार करता हूं।
यानी ?
लुटेरे तुम्हें मारकर सारे जेवर ले जाएंगे।
www.chachachaudhary.com
तुम्हारी यह बहानेबाजी अब नहीं चलेगी। मैं अपने मायके जा रही हूं।

चाचाजी ! आपने चाची को रोका नहीं ?
साबू ! उसे जाने दो, अब हम दोनों आजाद हैं । मुसीबत टली ।
मुसीबत गई नहीं, डबल होकर लौट रही है । चाची अपनी मां को लेकर आ रही है ।
तुमने मेरी बेटी को सताया ?
जाओ । जब तक जेवर खरीदकर नहीं लाते, तब तक मैं यहीं रहूंगी ।

चाचा चौधरी
रॉकेट
श्रीमान! ध्यान से, कहीं मेरे कुत्ते से टकरा न जाना।
धन्यवाद! मुझे चाचा चौधरी से मिलना है। क्या आप मुझे उस तक ले जाएंगे?
लगता है आप देख नहीं सकते
जिसे आप ढूंढ रहे हैं, वह आपके सामने हैं।
मुझे तुम्हारी पगड़ी छूकर पहचानने दो।
आप मुझे क्यों मिलना चाहते थे?
मेरे पास एक लाख रुपए हैं, जिसे मैं अनाथाश्रम में दान देना चाहता हूं।
क्या आप मुझे वहां ले चलेंगे?
फिक्र न करो। मेरा रॉकेट तुम्हें सही-सलामत वहां तक ले जाएगा।
??

वह एक लाख रुपए हमें लूटने हैं।
वह कुत्ता अंधे से लूटपाट नहीं करने देगा।
पहले मैं उस जानवर को शूट करता हूं।
धांय !
ओह ! निशाना चूक गया। अभी पांच गोलियां बाकी है।
आऊ ऊ !
भागो !
वाऊ ! बाऊ !!
गर र र !
मुझे माफ कर दो।

चाचा चौधरी
का मकान
हम आगरा में एक हफ्ता रुकेंगे।
ताजमहल देखेंगे।
होतो! हम रहने के लिए घर तलाश रहे थे, इंतजाम हो गया।
जकालो! हम किराया कहां से देंगे?
उसकी जरूरत नहीं, चौधरी का घर खाली है। उस पर कब्जा कर लेते हैं।
इस मकान के बिजली, पानी और फोन बिल्स्।
क्या इनका भुगतान करना होगा?
नहीं, बेवकूफ।
मैं कार्पोरेशन ऑफिस जाकर इन बिलों पर चौधरी का नाम हटाकर अपना नाम लिखवा आता हूं। फिर इस मकान पर मालिकाना हक हो जाएगा।

एक हफ्ते बाद.
तुम अंदर नहीं आ सकते। सारे बिल मेरे नाम हैं। अब मैं मकान मालिक हूं।
मेरा गुस्सा बेकाबू हो रहा है।
धड़ाकक !
धम्मम !
ओह ! मकान हिल रहा है।
भूकम्प ! बाहर भागो !
अब अगर तुम अंदर आए तो मैं तुम्हारी हड्डियां चटका दूंगा।
ये गए तुम्हारे बिल।

चाचा चौधरी
हीरा

चाचा चौधरी ! क्या तुम मुझे बैंक तक सुरक्षित पहुंचा सकते हो ?

क्या अभी ?

हां ।

तुम्हें सिक्योरिटी मैन की जरूरत क्यों है ?

मुझे यह हीरा बैंक लॉकर में जमा करवाना है ।

मेरा कुत्ता रॉकेट तुम्हें सुरक्षित ले जाएगा ।

ठीक है ।

लोदी ! तुम जानते हो, उस आदमी के हाथ में क्या है ?

क्या बोदी ?

हमारी किस्मत । एक कीमती हीरा ।

लेकिन उसके साथ कुत्ता भी है ।

मैं उस जानवर को उससे अलग करता हूं ।

वह मिठाई की खुशबू सूंघ कर मेरे पीछे आएगा।
?!
ओह ! ईट।
वह सारी मिठाई खा जाएगा।
मैं उसे डंडा मारकर हीरा छीन लेता हूं।
बाऊ ! बाऊ !!
आऊ ऊ !
हम सुरक्षित बैंक आ गए हैं।